JOËLLE SAVEY

Le POSTILLON

Ce qu'a vu le vent de l'Est

T.1

Glénat

Réalisation Partenaires
Dépôt légal octobre 1990

-"EST-IL MORT?" -"NON, PAS TOUT À FAIT!" -"ALORS, NOUS DEVONS L'ACHEVER!"

EN PAYS BRIARD, LUNDI 3 JANVIER 1814 - UN POSTILLON RAMÈNE UN ATTELAGE HAUT LE PIED À SON RELAIS -
YOUP! Y'HUE!

TRISTE NOUVELLE, MAÎTRE FEUILLARD ...
...LES GENDARMES ONT RAMASSÉ LES BESSONS DU GARS PIERRELET, CE MATIN, À MAUPERTHUIS.
MISÈRE DE NOUS ! ILS ONT OSÉ !...
ALLONS ! FAUT-IL QUE JE VOUS REMETTE EN MÉMOIRE LES TERMES DE CE MAUDIT DÉCRET DU 9 OCTOBRE DERNIER ?
"IL" N'A PAS LE DROIT DE FAIRE PARTIR DES ENFANTS...
L'AIGLE A TOUS LES DROITS QUAND IL S'AGIT DE SAUVER SON EMPIRE...
BON DIEU, BOURRACHE ! "IL" M'A DÉJÀ PRIS LE BAPTISTE !!
MON AÎNÉ LUI A DONNÉ SES VINGT PETITES ANNÉES DE VIE, À LÜTZEN, IL Y A HUIT MOIS... TU NE SAIS PAS COMBIEN IL EST TRISTE DE PLEURER LA CHAIR DE SA CHAIR QUAND LES LILAS SONT EN FLEURS ET QUE...
RENTRONS, MONSIEUR. IL FAIT FROID, ET VOUS N'ÊTES PAS COUVERT.
JE TE PLAIS TOUJOURS ?
HÉ ! MA BELLE... AINSI QUE TU PLAIS À TOUS LES AUTRES !
3

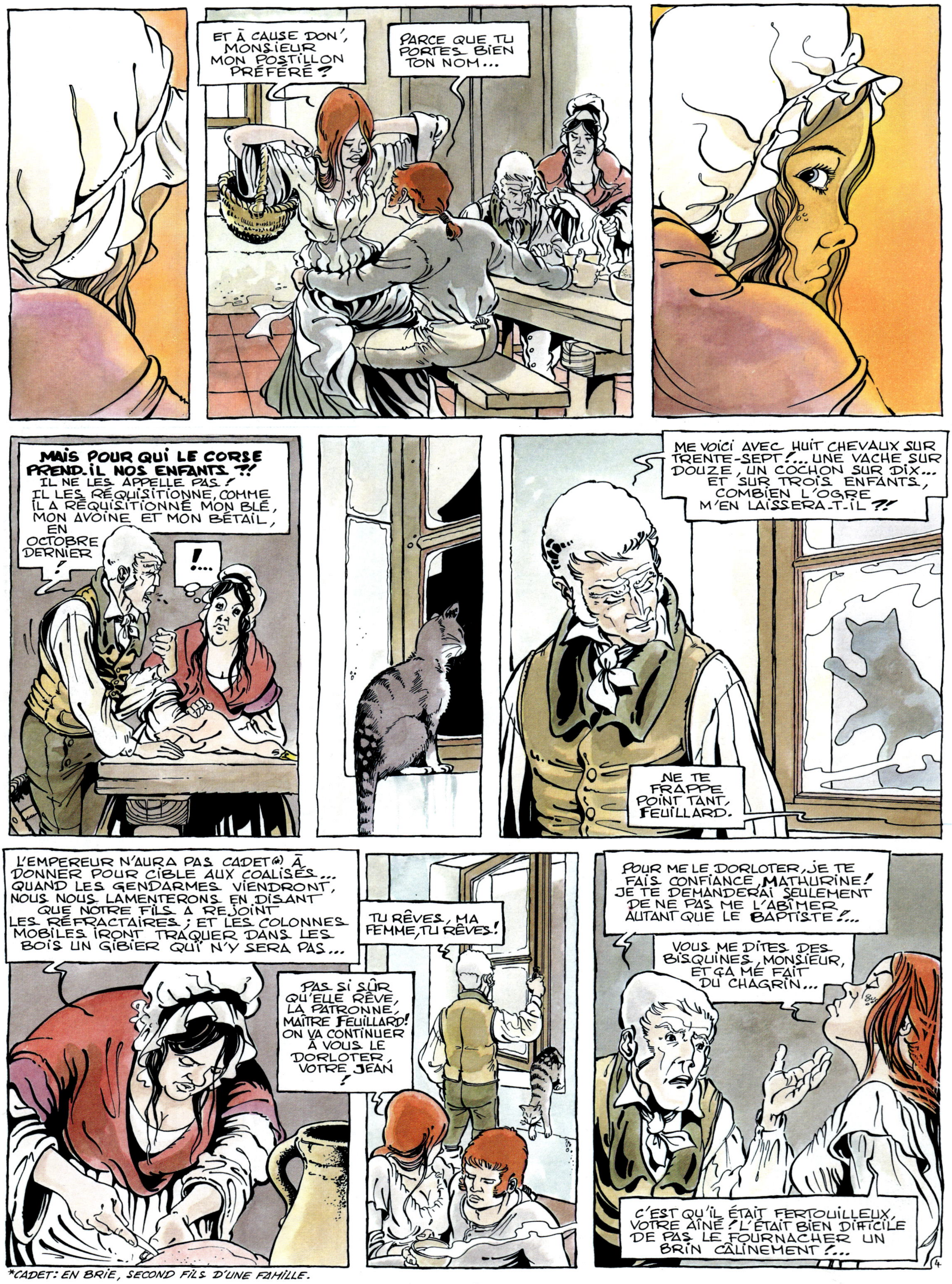

*CADET : EN BRIE, SECOND FILS D'UNE FAMILLE.

TU N'ES QU'UNE CATAMOUISE ! UNE FILLE DE RIEN !
UNE CATAMOUISE, QUE VOUS DITES ?! EH BIEN, GRÂCE À ÇA, LE BAPTISTE, IL EST PAS MORT IDIOT !
TU L'AS ENTENDUE, MA TANTE ! ET TU LAISSES PASSER CETTE MONSTRUOSITÉ ?!
MON FILS EST MORT, PERLETTE... MORT ! PUCEAU OU NON, QUE CELA M'IMPORTE DONC PEU ! CE QU'IL A FAIT, OU N'A PAS FAIT, M'EST BIEN INDIFFÉRENT. MAIS CE QU'IL NE FERA JAMAIS ME RONGE LE CŒUR ET LES ENTRAILLES...
LES PAROLES DE CETTE FILLE TERNISSENT LA MÉMOIRE DE BAPTISTE !
TU N'AIMES GUÈRE MAIN DOUCE, PAS VRAI ? LA CARCAILLOUSE A LE SIÈGE DE LA PENSÉE CURIEUSEMENT PLACÉ, JE TE L'ACCORDE ! MAIS ELLE N'EST PAS MÉCHANTE.
VA ! REPRENDS TON TRAVAIL ! UNE VOLAILLE EMBROCHÉE AU-DESSUS DU FEU, C'EST COMME LE MONDE : IL NE FAUT PAS QUE ÇA S'ARRÊTE DE TOURNER !
TU N'ES PAS HEUREUSE, LA PERLETTE ?
QU'EST-CE QUE ÇA PEUT TE FAIRE ?!...
PRÉPARE-TOI PLUTÔT... J'ENTENDS LA DILIGENCE DE PARIS QUI ARRIVE...

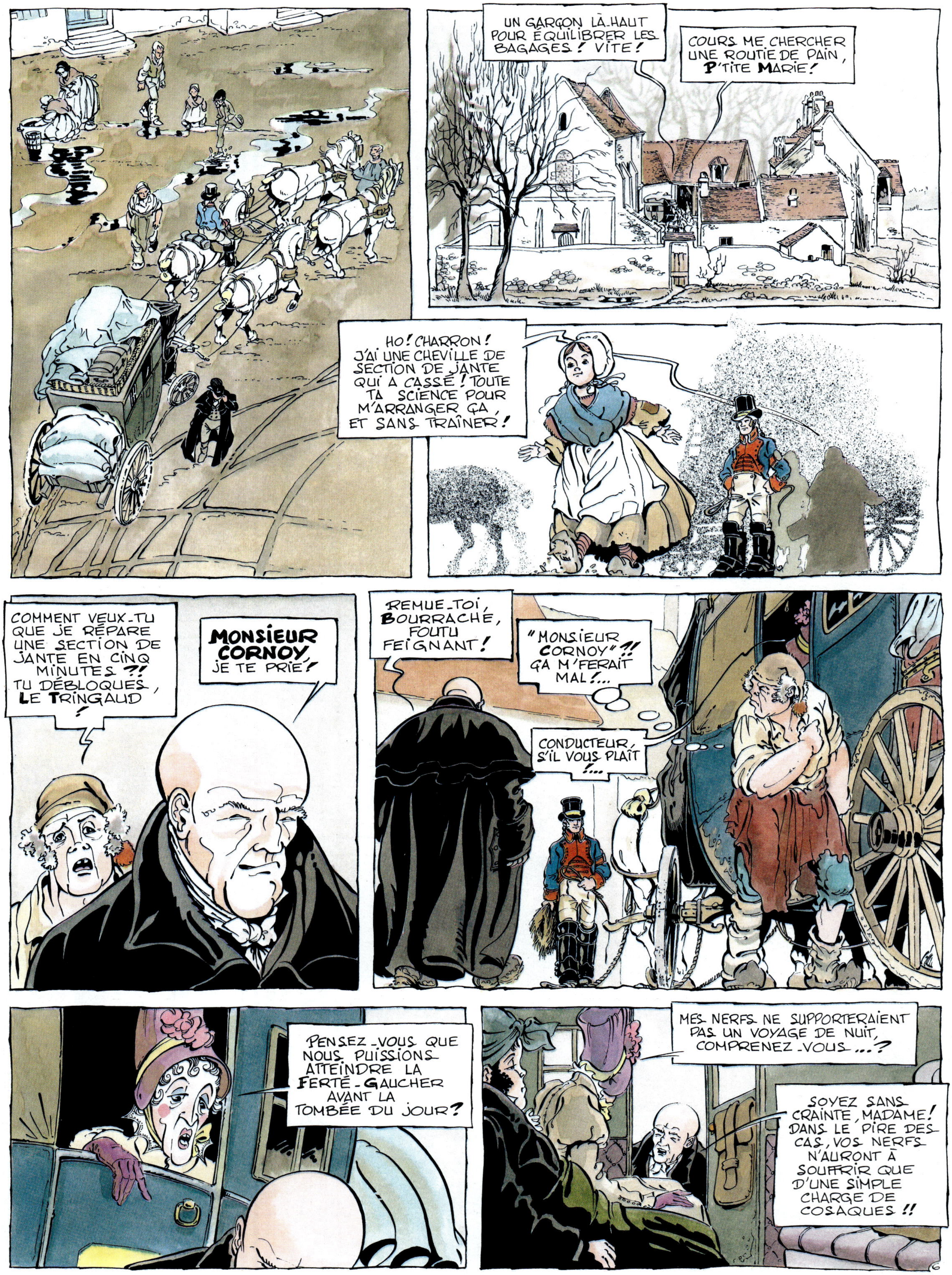

UN GARÇON LÀ-HAUT POUR ÉQUILIBRER LES BAGAGES ! VITE !
COURS ME CHERCHER UNE ROUTIE DE PAIN, P'TITE MARIE !
HO ! CHARRON ! J'AI UNE CHEVILLE DE SECTION DE JANTE QUI A CASSÉ ! TOUTE TA SCIENCE POUR M'ARRANGER ÇA, ET SANS TRAÎNER !
COMMENT VEUX-TU QUE JE RÉPARE UNE SECTION DE JANTE EN CINQ MINUTES ?! TU DÉBLOQUES, LE TRINGAUD !
MONSIEUR CORNOY, JE TE PRIE !
REMUE-TOI, BOURRACHE, FOUTU FEIGNANT !
"MONSIEUR CORNOY" !! ÇA M'FERAIT MAL !...
CONDUCTEUR, S'IL VOUS PLAÎT !...
PENSEZ-VOUS QUE NOUS PUISSIONS ATTEINDRE LA FERTÉ-GAUCHER AVANT LA TOMBÉE DU JOUR ?
MES NERFS NE SUPPORTERAIENT PAS UN VOYAGE DE NUIT, COMPRENEZ-VOUS ...?
SOYEZ SANS CRAINTE, MADAME ! DANS LE PIRE DES CAS, VOS NERFS N'AURONT À SOUFFRIR QUE D'UNE SIMPLE CHARGE DE COSAQUES !!

HÉ! LA MORVEUSE! RESTE PAS DANS MES PATTES !
RETOURNE DONC À LA PORCHERIE AVEC TA MÈRE! C'EST LÀ VOTRE PLACE À TOUTES LES DEUX!
?!!
TOI, LE CHIARD, TU AS DE LA CHANCE D'ÊTRE LE FILS DE TON PÈRE!...
ALORS, CORNOY!? ON LÈVE L'ANCRE, OU ON ATTEND LA PROCHAINE MARÉE?...
ÇA VA, ÇA VA!...
NE FORCE PAS L'ALLURE, JASMIN! LA ROUE NE TIENDRA QUATRE LIEUES QU'À CETTE SEULE CONDITION!

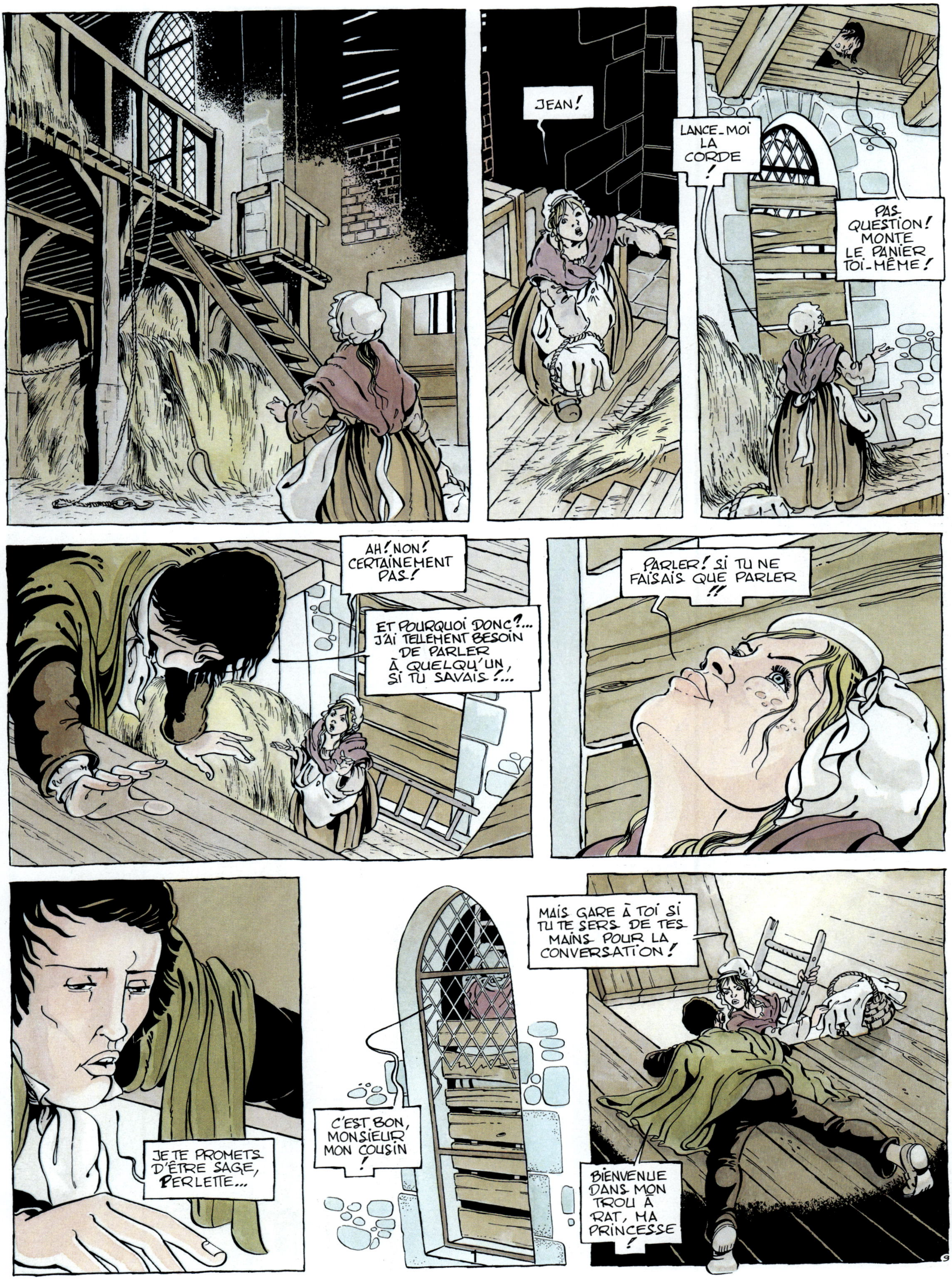

JEAN!
LANCE-MOI LA CORDE!
PAS QUESTION! MONTE LE PANIER TOI-MÊME!
AH! NON! CERTAINEMENT PAS!
ET POURQUOI DONC?... J'AI TELLEMENT BESOIN DE PARLER À QUELQU'UN, SI TU SAVAIS!...
PARLER! SI TU NE FAISAIS QUE PARLER!!
JE TE PROMETS D'ÊTRE SAGE, PERLETTE...
C'EST BON, MONSIEUR MON COUSIN!
MAIS GARE À TOI SI TU TE SERS DE TES MAINS POUR LA CONVERSATION!
BIENVENUE DANS MON TROU À RAT, MA PRINCESSE!

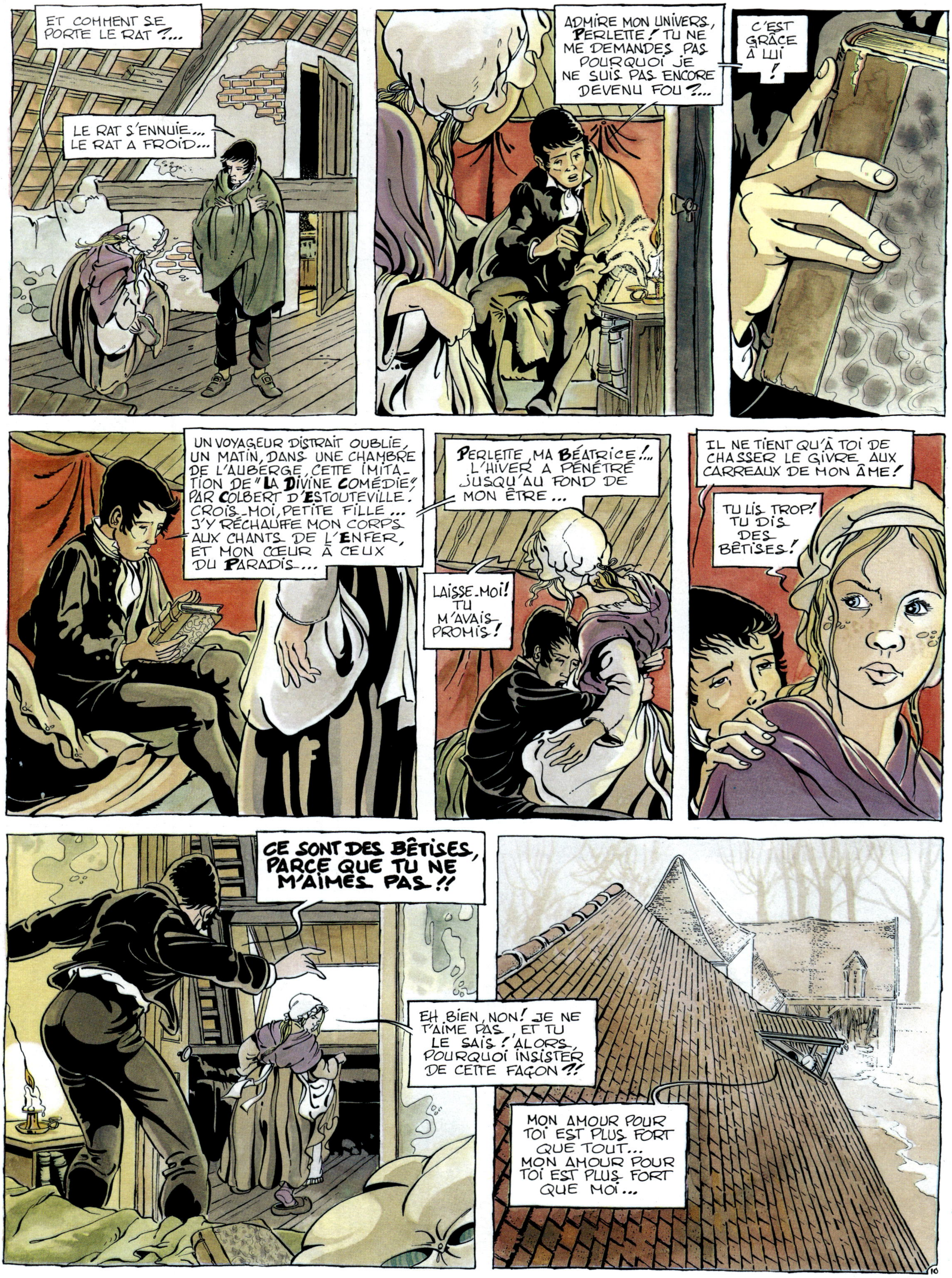
ET COMMENT SE PORTE LE RAT ?...
LE RAT S'ENNUIE... LE RAT A FROID...
ADMIRE MON UNIVERS, PERLETTE ! TU NE ME DEMANDES PAS POURQUOI JE NE SUIS PAS ENCORE DEVENU FOU ?...
C'EST GRÂCE À LUI !
UN VOYAGEUR DISTRAIT OUBLIE, UN MATIN, DANS UNE CHAMBRE DE L'AUBERGE, CETTE IMITATION DE "LA DIVINE COMÉDIE" PAR COLBERT D'ESTOUTEVILLE. CROIS-MOI, PETITE FILLE... J'Y RÉCHAUFFE MON CORPS AUX CHANTS DE L'ENFER, ET MON CŒUR À CEUX DU PARADIS...
PERLETTE, MA BÉATRICE !... L'HIVER A PÉNÉTRÉ JUSQU'AU FOND DE MON ÊTRE...
LAISSE-MOI ! TU M'AVAIS PROMIS !
IL NE TIENT QU'À TOI DE CHASSER LE GIVRE AUX CARREAUX DE MON ÂME !
TU LIS TROP ! TU DIS DES BÊTISES !
CE SONT DES BÊTISES, PARCE QUE TU NE M'AIMES PAS !!
EH BIEN, NON ! JE NE T'AIME PAS, ET TU LE SAIS ! ALORS, POURQUOI INSISTER DE CETTE FAÇON ?!
MON AMOUR POUR TOI EST PLUS FORT QUE TOUT... MON AMOUR POUR TOI EST PLUS FORT QUE MOI...

TU DEVRAIS LE COMPRENDRE, POURTANT! TU ES AUSSI MALADE QUE JE LE SUIS, MA PAUVRE PERLETTE! CROIS-TU QUE JE NE SACHE PAS SUR QUOI SE POSE TON REGARD, ACTUELLEMENT ?...
...SUR UNE PETITE LUMIÈRE QUI COURT DANS LA PLAINE EMBRUMÉE... BIENTÔT, LA PETITE LUMIÈRE VA S'ESTOMPER, PUIS DISPARAÎTRE...
ALORS, TON CŒUR VA SE SERRER. IL NE BONDIRA DE NOUVEAU DE JOIE QUE CE SOIR, QUAND LA PETITE LUMIÈRE FRANCHIRA LE PORCHE DU RELAIS DANS LE BRUIT FAMILIER DES SABOTS FERRÉS...
TU N'AURAS DROIT QU'À UN "BONSOIR, LA PERLETTE." TU NE TROUVERAS PAS LE SOMMEIL. TU SENTIRAS UN DÉSIR IMMENSE MONTER DU PLUS PROFOND DE TOI, ET QUI S'EXHALERA EN UNE SORTE DE PARFUM TENACE ET ENTÊTANT...
VA! VA L'ATTENDRE AU COIN DU FEU, TON POSTILLON, TON DIEU QUI A LE CŒUR EN FORME DE PARADIS! UN DIEU QUI NE T'A MÊME PAS REMARQUÉE! FAIS ATTENTION, MA PRINCESSE!... LES CHEMINS DU CIEL SONT SEMÉS D'ÉPINES!
L'IMAGE DE VOS DEUX CORPS T'APPARAÎTRA SI TANGIBLE, QU'IL TE SERA IMPOSSIBLE DE SAVOIR SI TU ÉMETS CETTE VISION OU SI LE FUTUR T'ACCORDE LA GRÂCE DE PORTER SUR LUI UN INSTANT TON REGARD!... CAR TU ESPÈRES!!
ESPÉRANCE! MOT MAGIQUE! MOT DANGEREUX !!

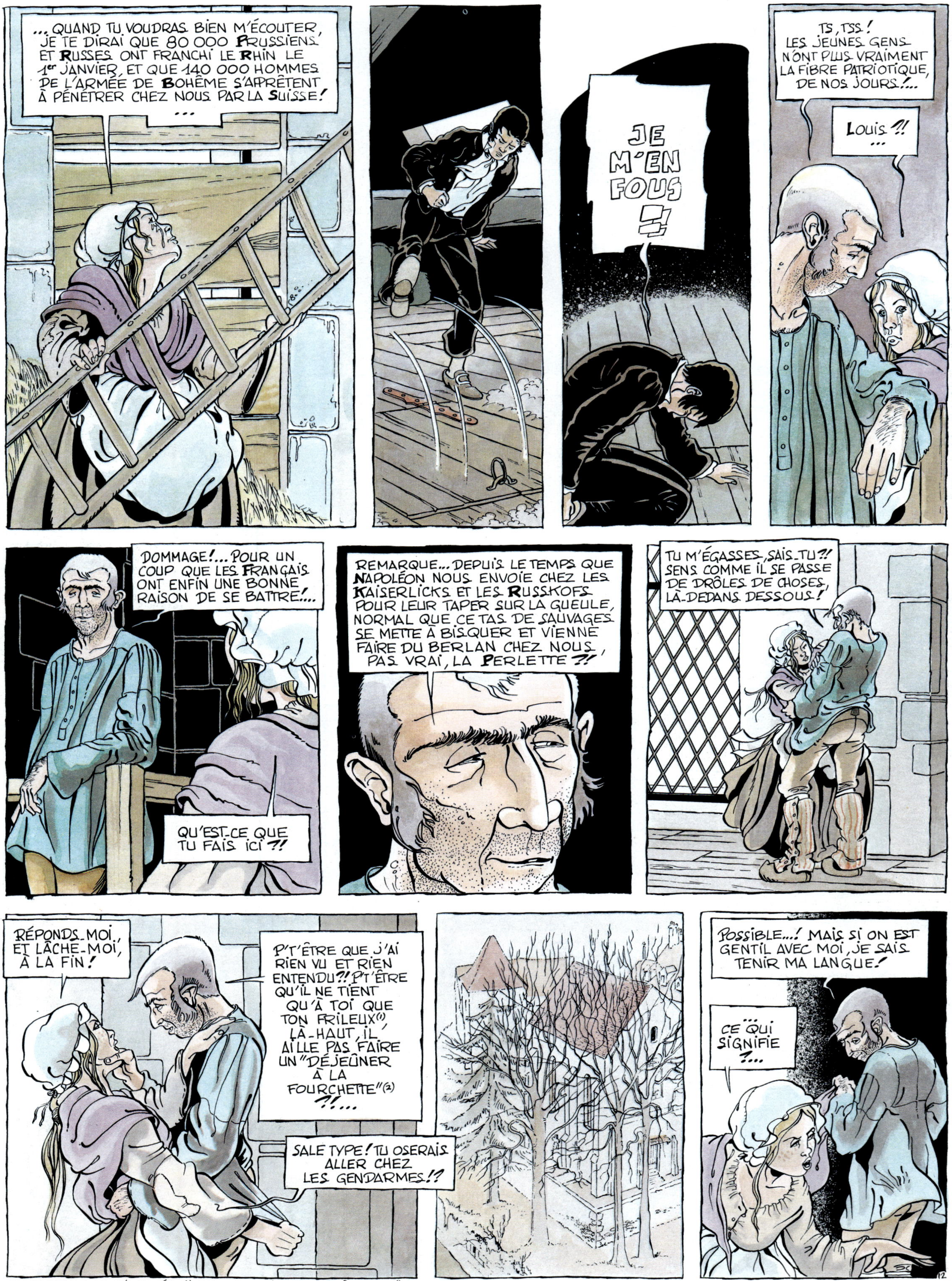

EN ARGOT DE LA Gde ARMÉE: (1) PEUREUX. (2) ASSAUT À LA BAÏONNETTE.

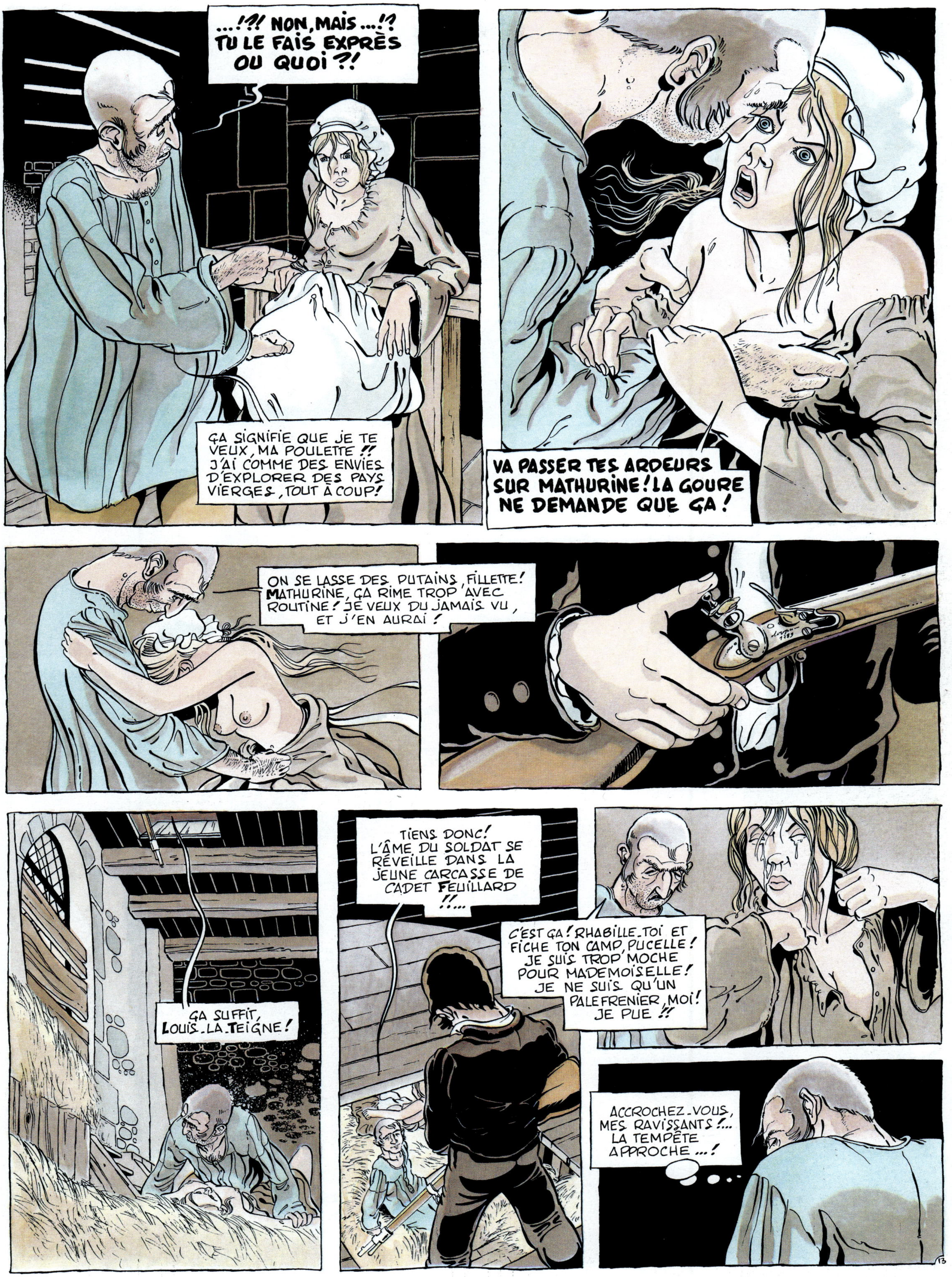
...!?! NON, MAIS ...!? TU LE FAIS EXPRÈS OU QUOI ?!
ÇA SIGNIFIE QUE JE TE VEUX, MA POULETTE !! J'AI COMME DES ENVIES D'EXPLORER DES PAYS VIERGES, TOUT À COUP !
VA PASSER TES ARDEURS SUR MATHURINE ! LA GOURE NE DEMANDE QUE ÇA !
ON SE LASSE DES PUTAINS, FILLETTE ! MATHURINE, ÇA RIME TROP AVEC ROUTINE ! JE VEUX DU JAMAIS VU, ET J'EN AURAI !
ÇA SUFFIT, LOUIS-LA-TEIGNE !
TIENS DONC ! L'ÂME DU SOLDAT SE RÉVEILLE DANS LA JEUNE CARCASSE DE CADET FEUILLARD !!...
C'EST ÇA ! RHABILLE-TOI ET FICHE TON CAMP, PUCELLE ! JE SUIS TROP MOCHE POUR MADEMOISELLE ! JE NE SUIS QU'UN PALEFRENIER, MOI ! JE PUE !!
ACCROCHEZ-VOUS, MES RAVISSANTS !... LA TEMPÊTE APPROCHE ...!

(1) "LES MESSAGERIES NATIONALES"

Hiiii!... QUE SE PASSE-T-IL MON DIEU ?!
ON VOIT QUE MADAME N'A PAS L'EXPÉRIENCE DES VOYAGES EN VOITURE ! CES SECOUSSES, AUSSI SOUDAINES QUE BRUTALES, NOUS INFORMENT QUE L'HONNEUR D'UN HOMME EST EN JEU !
IMAGINEZ LA DÉCONVENUE DU MALHEUREUX CONDUCTEUR - OU POSTILLON - S'IL ARRIVAIT SECOND AU PROCHAIN RELAIS !...
MAIS IL EST TOUT À FAIT INADMISSIBLE DE METTRE EN PÉRIL LA VIE DES PASSAGERS POUR UNE RIDICULE AFFAIRE DE LIGNE D'ARRIVÉE !
TAISEZ-VOUS, MA'AME ! POU' UNE FOIS QU'ON 'IGOLE UN PEU !!

HÉ!!
!?

BOURRACHE ?! DÉSOLÉS POUR TOI, VIEUX FRÈRE !
OOH ! LÀ !! TOUT DOUX, PATOUILLOT !
VOUS ÊTES FORT AIMABLE, MILITAIRE !
CORNOY ?!

CORNOY! MON PAUVRE BRICE!... DANS QUEL ÉTAT!!
...PAS TROP DE CASSE?...
MAIS NON! MAIS NON!... UN PEU SONNÉ, VOILÀ TOUT!...
EH BEN! AVEC TOUT ÇA, SI MON LAIT N'A PAS TOU'NÉ, J'AU'AI DE LA CHANCE!
TU EN ES QUITTE POUR LA PEUR ET LE BAIN DE BOUE, L'AMI!... TOURNE-TOI, QUE JE TE BROSSE UN PEU...
AH! AH! AH! AH! AH! AH! AH!
...CE BROSSAGE-LÀ, BOURRACHE, JE NE SUIS PAS PRÈS DE L'OUBLIER!... TU ME LE PAIERAS TRÈS CHER!...
C'EST ÇA!! ALLEZ, FOUS LE CAMP, MAINTENANT! JE NE VEUX PLUS TE REVOIR! ET JE REFUSERAI DE PARTIR CHAQUE FOIS QUE TU SERAS MON CONDUCTEUR!
18

ET VOILÀ !! PAR LA FAUTE DE CET IMBÉCILE, JE VAIS ÊTRE OBLIGÉ DE FAIRE PATIENTER MES VOYAGEURS, LES PIEDS DANS LA BOUE ET LES POUMONS DANS LE BROUILLARD, LE TEMPS D'ALLER CHERCHER UNE VOITURE À LA FERTÉ-GAUCHER !
COMBIEN DE TEMPS DEVRONS-NOUS VOUS ATTENDRE AINSI, DANS CE PAYSAGE HOSTILE ?...
...DEUX HEURES, MADAME... SI TOUT VA BIEN !...
DEUX HEURES ?!
JE DÉFAILLE, POSTILLON !... JE SENS QUE MES NERFS VONT CRAQUER ! IL FAIT SI FROID...!
ALLONS, MADAME !...
...VOUS ALLEZ FAIRE SOURIRE TOUS LES HOMMES QUI REVIENNENT DE RUSSIE !
POUR SÛR, QU'ON RIGOLE ! À MOSCOU, MA P'TITE DAME, LA NEIGE ÉTAIT SI FROIDE, QU'ELLE A MÊME PAS FONDU DANS L'INCENDIE ! C'EST POUR DIRE !...
L'ÉCOUTEZ PAS, M'DAME ! Y DIT DES FADAISES, CE PAUTRAIN-LÀ ! MAIS CE QUI EST SÛR, C'EST QU'ON A TOUS EU LES ARPIONS ACAGNARDÉS !
...LES ARPIONS ACAGNARDÉS ?...
Y'A PAS QUE LES PINCEAUX QUI GELAIENT ! TIENS !... J'AI UN COPAIN, IL A VOULU PISSER ; BEN, QUAND IL A...
TAIS-TOI, LA QUINCAILLE ! C'EST PAS DES HISTOIRES POUR LA DAME !
DITES-MOI... VOTRE CONDUCTEUR NE SERAIT-IL PAS PARENT AVEC LE TONNELIER DE LAGNY ?...
C'EST SON FILS, MONSIEUR ! VOUS LE CONNAISSEZ ?!
NON ! DE "RÉPUTATION", SEULEMENT ! ON DIT QU'IL AURAIT VENDU DES RENSEIGNEMENTS AUX HOMMES DU DUC DE BRUNSWICK, PEU AVANT VALMY... ?
EN EFFET ! MAIS LES PREUVES DE SA TRAÎTRISE NE SONT PAS FORMELLES. CORNOY A EU LA CHANCE QU'ON L'OUBLIE DANS L'EUPHORIE DE LA VICTOIRE !
DE CETTE VIEILLE HISTOIRE, IL NE SUBSISTE QU'UN SURNOM : LE TRINGAUD ! LE TRAÎTRE !...

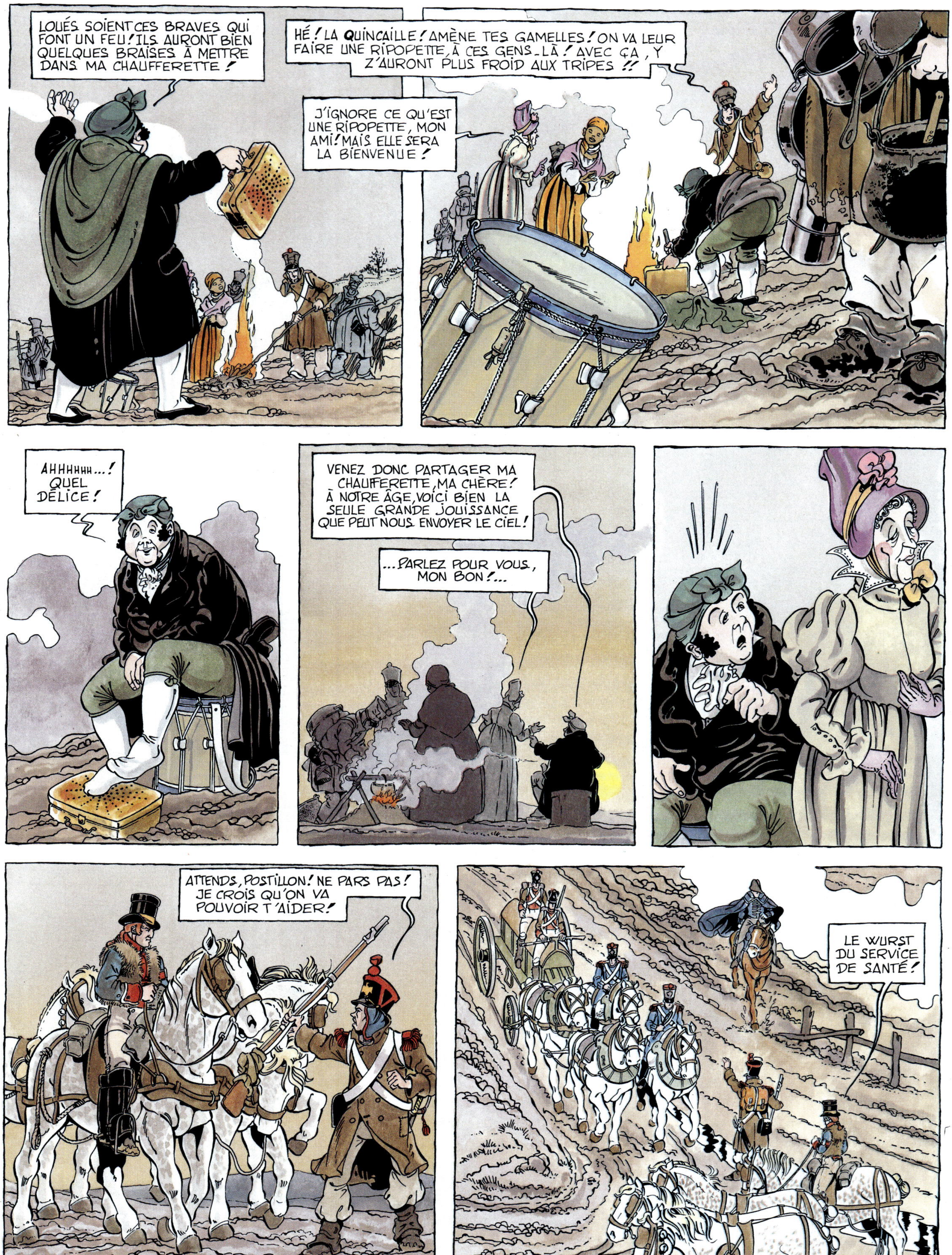
LOUÉS SOIENT CES BRAVES QUI FONT UN FEU ! ILS AURONT BIEN QUELQUES BRAISES À METTRE DANS MA CHAUFFERETTE !
HÉ ! LA QUINCAILLE ! AMÈNE TES GAMELLES ! ON VA LEUR FAIRE UNE RIPOPETTE, À CES GENS-LÀ ! AVEC ÇA, Y Z'AURONT PLUS FROID AUX TRIPES !!
J'IGNORE CE QU'EST UNE RIPOPETTE, MON AMI ! MAIS ELLE SERA LA BIENVENUE !
AHHHHHH...! QUEL DÉLICE !
VENEZ DONC PARTAGER MA CHAUFFERETTE, MA CHÈRE ! À NOTRE ÂGE, VOICI BIEN LA SEULE GRANDE JOUISSANCE QUE PEUT NOUS ENVOYER LE CIEL !
...PARLEZ POUR VOUS, MON BON !...
ATTENDS, POSTILLON ! NE PARS PAS ! JE CROIS QU'ON VA POUVOIR T'AIDER !
LE WURST DU SERVICE DE SANTÉ !

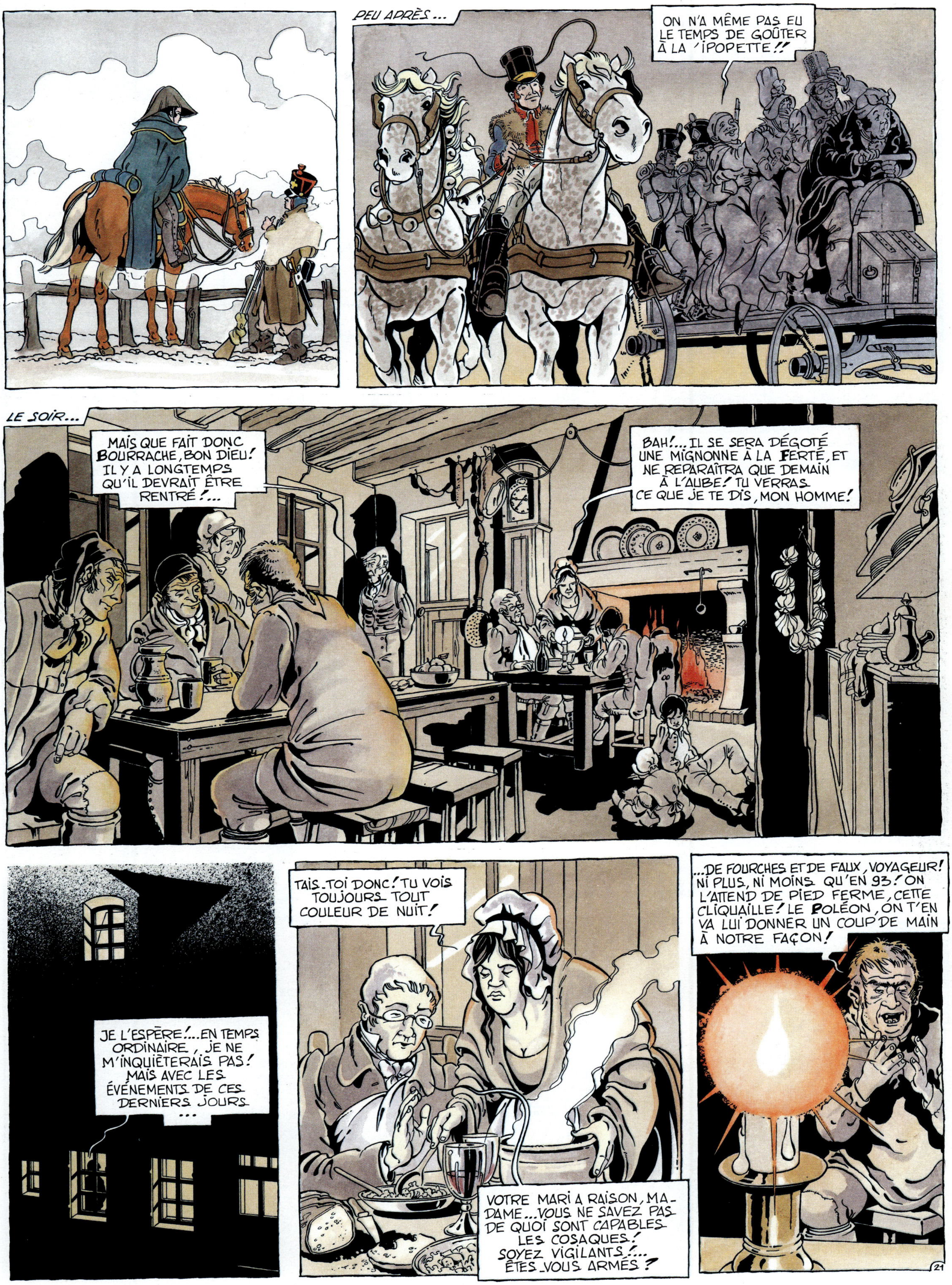
PEU APRÈS...
ON N'A MÊME PAS EU LE TEMPS DE GOÛTER À LA 'IPOPETTE!!
LE SOIR...
MAIS QUE FAIT DONC BOURRACHE, BON DIEU! IL Y A LONGTEMPS QU'IL DEVRAIT ÊTRE RENTRÉ!...
BAH!... IL SE SERA DÉGOTÉ UNE MIGNONNE À LA FERTÉ, ET NE REPARAÎTRA QUE DEMAIN À L'AUBE! TU VERRAS CE QUE JE TE DIS, MON HOMME!
JE L'ESPÈRE!... EN TEMPS ORDINAIRE, JE NE M'INQUIÉTERAIS PAS! MAIS AVEC LES ÉVÉNEMENTS DE CES DERNIERS JOURS...
TAIS-TOI DONC! TU VOIS TOUJOURS TOUT COULEUR DE NUIT!
VOTRE MARI A RAISON, MADAME... VOUS NE SAVEZ PAS DE QUOI SONT CAPABLES LES COSAQUES! SOYEZ VIGILANTS!... ÊTES-VOUS ARMÉS?
...DE FOURCHES ET DE FAUX, VOYAGEUR! NI PLUS, NI MOINS QU'EN 93! ON L'ATTEND DE PIED FERME, CETTE CLIQUAILLE! LE POLÉON, ON T'EN VA LUI DONNER UN COUP DE MAIN À NOTRE FAÇON!
21

EN ATTENDANT, REMETS-NOUS ÇA, LA COITE !
OH! LES BEAUX ARCEAUX! JE PARIE QU'UN COCHON POURRAIT PASSER ENTRE CES JAMBES SANS LES TOUCHER!
AH! OUICHE!! IL A BIEN FALLU QU'IL Y EN AIT UN QUI SOIT PASSÉ PAR LÀ! ET VOILÀ LE RÉSULTAT!!
VOUS FAITES LES VAILLANTS, MAIS VOUS N'ÊTES QU'UN TAS DE GALVAUDEUX! FAUT CROIRE QUE CELUI QUI LUI A FAIT CE PETIOT ÉTORGNEAU ÉTAIT FICHTREMENT SALAUD, ET QUE C'EST PAS LA TENDRESSE QUI DEVAIT L'ÉTOUFFER, ÇA NON! DEPUIS CE JOUR, ELLE EST MUETTE, L'ELFI! VOUS CROYEZ PAS QUE C'EST DES CHOSES À FAIRE PLEURER LE BON DIEU ?!
VOUS EMBALLEZ PAS, PATRONNE!
C'EST MAUVAIS D'ACCUSER SANS SAVOIR!
OUI-OUI-OUI!... VOUS N'Y ÊTES POUR RIEN, PEUT-ÊTRE!... MAIS VOUS ÉTIEZ TÉMOINS! C'EST PIRE!
ÉCOUTEZ!....
... Y AURAIT-IL DES LOUPS, PAR ICI ?...
DES LOUPS ?! NON, MONSIEUR! IL N'Y EN A PLUS, DANS CETTE RÉGION. CE QUE VOUS ENTENDEZ, C'EST UN CHIEN QUI HURLE À LA MORT... JE VAIS LE FAIRE TAIRE, SI VOUS VOULEZ...
C'EST INUTILE, AUBERGISTE! LA MORT A CRIÉ LA PREMIÈRE... SEUL, LE CHIEN L'A ENTENDUE; ET IL NOUS RESTITUE SA VOIX...
22

(*) ORAISON DU 16e SIÈCLE, LONGTEMPS RESTÉE DANS LA MÉMOIRE DES BRIARDS.

MARDI, 4 JANVIER 1814...
PAR LA PORTE DE LA CHAPELLE! ALLEZ!
SEIGNEUR!! COMMENT ONT-ILS SU?! ...
MESSIEURS LES GENDARMES! QUE FAITES-VOUS?!... VOUS N'AVEZ PAS LE DROIT!
PAS LE DROIT DE QUOI?! PAS LE DROIT DE DEMANDER GENTIMENT À VOTRE FILS D'ALLER DÉFENDRE SA PATRIE?!!
C'EST UN ENFANT, UN RÊVEUR! QUE VOULEZ-VOUS QU'IL FASSE SUR UN CHAMP DE BATAILLE?!
HÉ! MÈRE FEUILLARD!... FAUDRA PAS LE RÉPÉTER, HEIN?! MAIS... CE N'EST PAS MOI QUI AI PONDU LE DÉCRET!!
SALAUD!
...NI VOUS QUI L'AVEZ SIGNÉ, JE SAIS! C'EST L'IMPÉRATRICE... DÉCIDÉMENT, LES AUTRICHIENNES NE NOUS PORTENT PAS BONHEUR!...
ON LE TIENT!
CE PETIT FUMIER VIENT DE S'ENLEVER TROIS DENTS POUR NE PAS PARTIR!
RATÉ, MON GARS! CE NE SONT PAS TROIS INCISIVES QUI T'EMPÊCHERONT D'ARRACHER TES CARTOUCHES! TU AURAIS MIEUX FAIT D'AVOIR LE GESTE D'ETIENNE MIGNOT!
QU'EST-CE QU'IL A FAIT, L'ETIENNE?...
24

LAISSEZ-MOI ! JE NE VEUX PAS PARTIR ! MAMAN ! MAMAN !!
TU VAS LA BOUCLER UN PEU, OUI ?!
MA FOI, IL GUEULE PIS QU'UN PORC QU'ON MÈNERAIT AUX ABATTOIRS !
AVEC UN FUSIL POUR DEUX ENFANTS, ET EN CONSIDÉRANT QUE CELUI QUI POSSÈDE L'ARME SAIT À PEINE S'EN SERVIR, L'IMAGE DES ABATTOIRS DEVIENT EXACTE...
CEPENDANT, ÊTES-VOUS CERTAIN QU'IL S'AGISSE D'UN PORC ? J'AI CRU VOIR L'AGNEAU DU SACRIFICE...
MONSIEUR L'OFFICIER, ÉCOUTEZ-MOI !...
AH ! AH ! AH !
- ENCORE ?! À SON ÂGE !! ALLEZ, LA MÈRE ! NE VOUS INQUIÉTEZ PAS ! IL NE PISSERA PLUS DANS SES DRAPS, VU QU'IL N'Y A PAS DE DRAPS LÀ OÙ ON L'EMMÈNE !

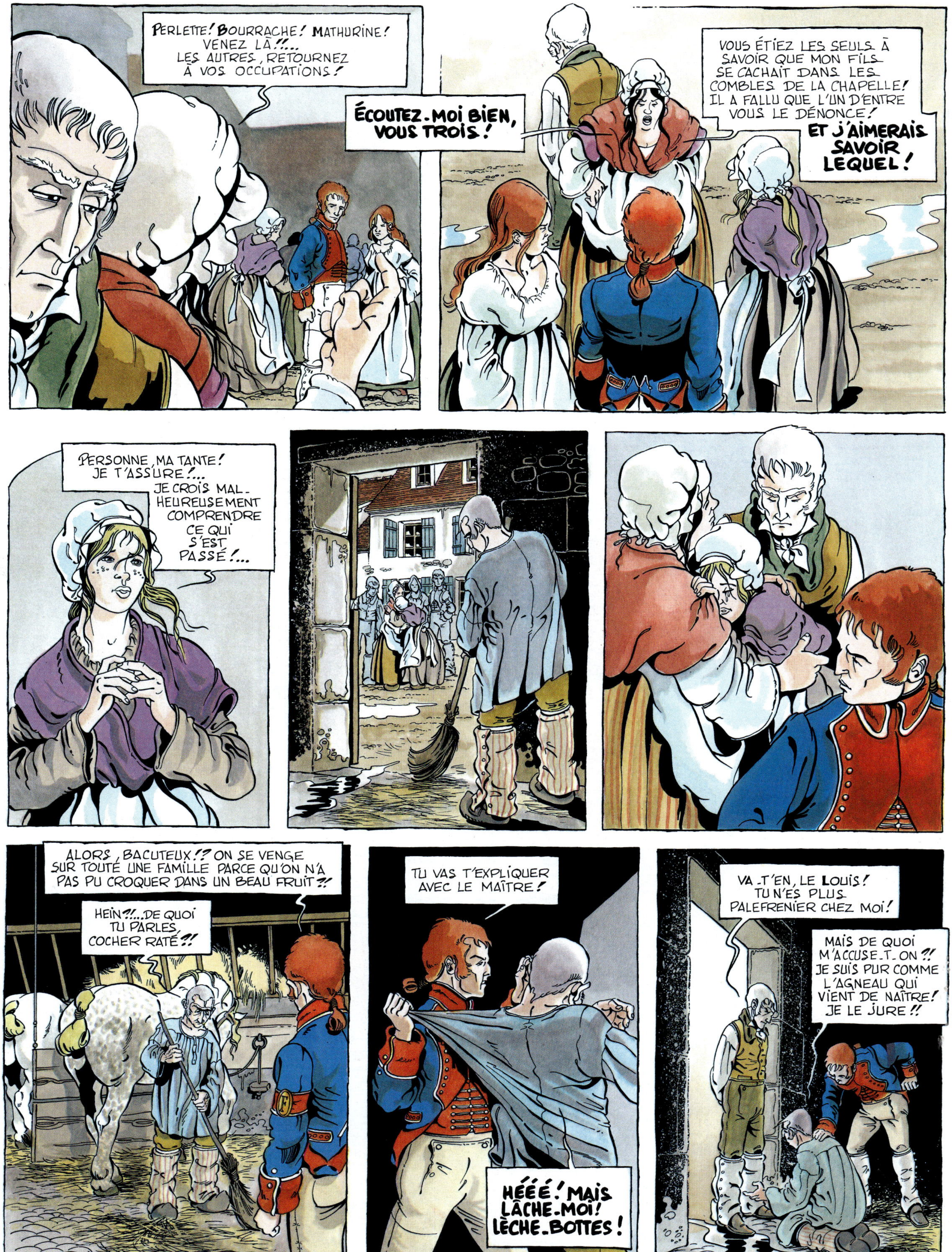
PERLETTE! BOURRACHE! MATHURINE! VENEZ LÀ!... LES AUTRES, RETOURNEZ À VOS OCCUPATIONS!
ÉCOUTEZ-MOI BIEN, VOUS TROIS!
VOUS ÉTIEZ LES SEULS À SAVOIR QUE MON FILS SE CACHAIT DANS LES COMBLES DE LA CHAPELLE! IL A FALLU QUE L'UN D'ENTRE VOUS LE DÉNONCE!
ET J'AIMERAIS SAVOIR LEQUEL!
PERSONNE, MA TANTE! JE T'ASSURE!... JE CROIS MALHEUREUSEMENT COMPRENDRE CE QUI S'EST PASSÉ!...
ALORS, BACUTEUX!? ON SE VENGE SUR TOUTE UNE FAMILLE PARCE QU'ON N'A PAS PU CROQUER DANS UN BEAU FRUIT?!
HEIN?!...DE QUOI TU PARLES, COCHER RATÉ?!
TU VAS T'EXPLIQUER AVEC LE MAÎTRE!
HÉÉÉ! MAIS LÂCHE-MOI! LÈCHE-BOTTES!
VA-T'EN, LE LOUIS! TU N'ES PLUS PALEFRENIER CHEZ MOI!
MAIS DE QUOI M'ACCUSE-T-ON?! JE SUIS PUR COMME L'AGNEAU QUI VIENT DE NAÎTRE! JE LE JURE!!

NE JURE PAS ! ET COMPRENDS BIEN QU'ENTRE TA PAROLE ET CELLE DE PERLETTE, ON N'HÉSITERA PAS !
LE SOIR MÊME...
PTTT !...
PCHSS !
MERCREDI 26 JANVIER...
P'TITE MARIE ?!
P'TITE MARIE ! JE TE CHERCHE PARTOUT ! VIENS ! ON VA FAIRE UN BONHOMME DE NEIGE !
CHUT !...
MAIS QU'EST-CE QUE TU FAIS ?!
JE L'ÉCOUTE ! IL ME PARLE...
QUI ÇA ?! L'ANGE ?!! T'ES FOLLE !
NON, MONSIEUR SIMON ! JE NE SUIS PAS FOLLE DU TOUT ! JE L'ENTENDS, ET TOI, TU PEUX PAS !
POURQUOI, S'IL TE PLAÎT ?! JE NE SUIS PAS SOURD, QUAND MÊME ! ET PUIS D'ABORD, UNE STATUE, ÇA PEUT PAS CAUSER !
... IL ME PARLE DANS MA TÊTE ...
27

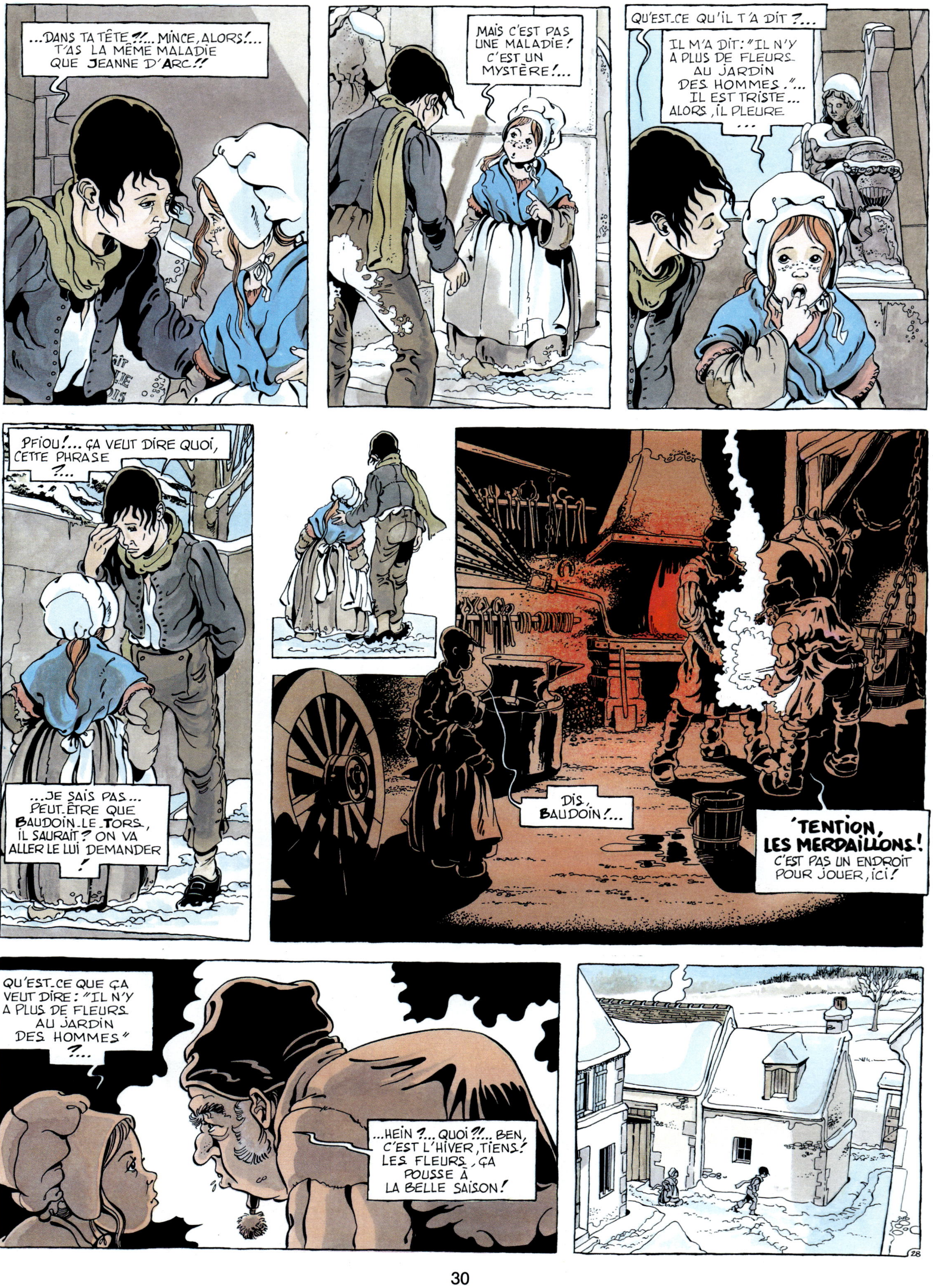
...DANS TA TÊTE ?!... MINCE, ALORS !... T'AS LA MÊME MALADIE QUE JEANNE D'ARC !!
MAIS C'EST PAS UNE MALADIE ! C'EST UN MYSTÈRE !...
QU'EST-CE QU'IL T'A DIT ?...
IL M'A DIT : "IL N'Y A PLUS DE FLEURS AU JARDIN DES HOMMES." IL EST TRISTE... ALORS, IL PLEURE...
PFIOU !... ÇA VEUT DIRE QUOI, CETTE PHRASE ?...
...JE SAIS PAS... PEUT-ÊTRE QUE BAUDOIN-LE-TORS, IL SAURAIT ? ON VA ALLER LE LUI DEMANDER !
DIS, BAUDOIN !...
'TENTION, LES MERDAILLONS ! C'EST PAS UN ENDROIT POUR JOUER, ICI !
QU'EST-CE QUE ÇA VEUT DIRE : "IL N'Y A PLUS DE FLEURS AU JARDIN DES HOMMES" ?...
...HEIN ?... QUOI ?!... BEN, C'EST L'HIVER, TIENS ! LES FLEURS, ÇA POUSSE À LA BELLE SAISON !
28

...IL A PEUT-ÊTRE FAIM ?...
BÔF ! ÇA FAIT DES ANNÉES QU'IL EST LÀ, À PRIER SUR LA TOMBE, ET IL N'A PAS PERDU UN GRAMME !
EN ADMETTANT QU'IL AIT FAIM, QU'EST-CE QUE ÇA PEUT BIEN MANGER, CES OISEAUX-LÀ ?...
JE VAIS LUI DONNER MON GOÛTER...
REGARDE, P'TITE MARIE ! VOILÀ JASMIN QUI RENTRE !

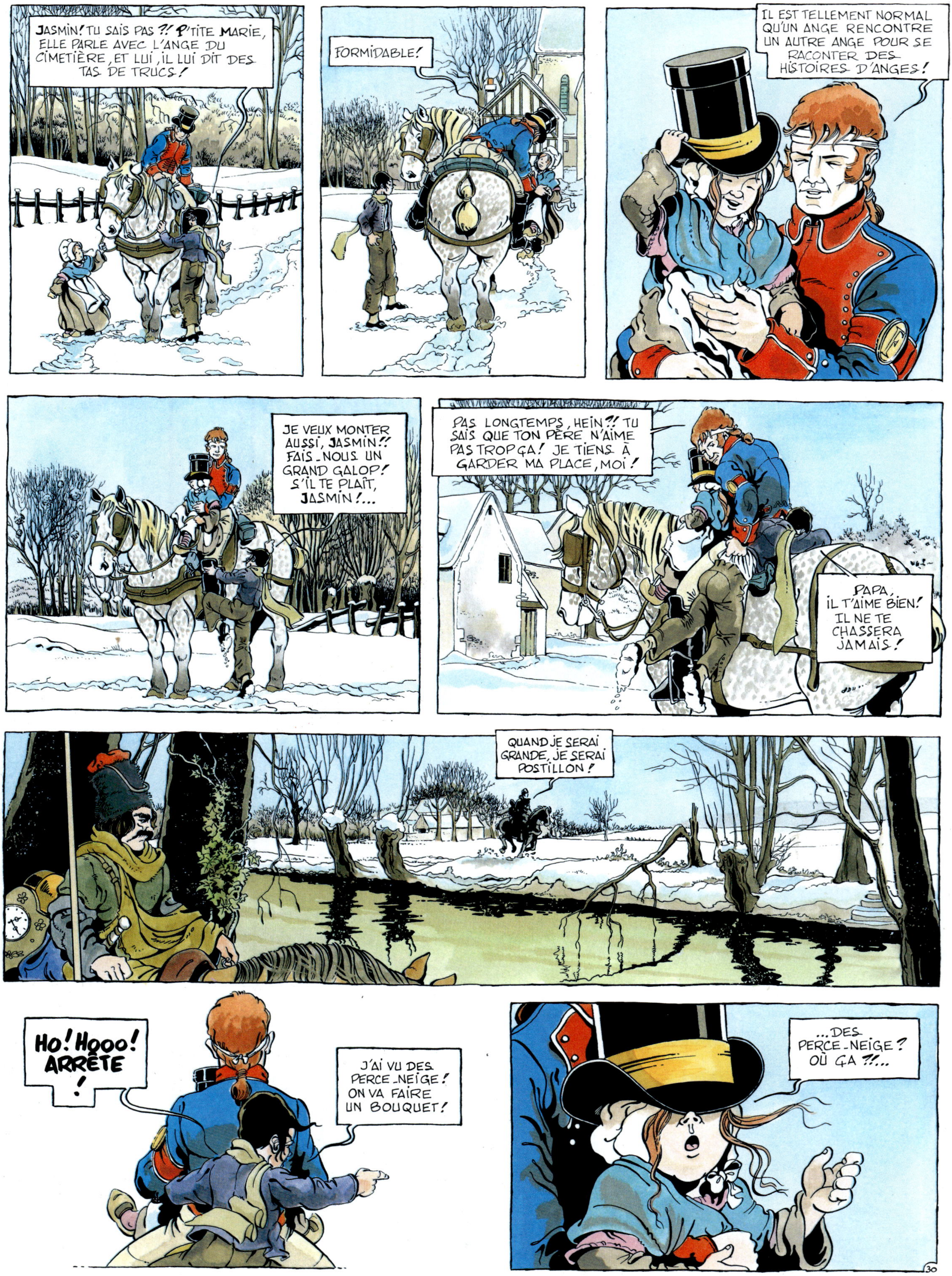
JASMIN! TU SAIS PAS ?! P'TITE MARIE, ELLE PARLE AVEC L'ANGE DU CIMETIÈRE, ET LUI, IL LUI DIT DES TAS DE TRUCS!
FORMIDABLE!
IL EST TELLEMENT NORMAL QU'UN ANGE RENCONTRE UN AUTRE ANGE POUR SE RACONTER DES HISTOIRES D'ANGES!
JE VEUX MONTER AUSSI, JASMIN!! FAIS-NOUS UN GRAND GALOP! S'IL TE PLAÎT, JASMIN!...
PAS LONGTEMPS, HEIN?! TU SAIS QUE TON PÈRE N'AIME PAS TROP ÇA! JE TIENS À GARDER MA PLACE, MOI!
PAPA, IL T'AIME BIEN! IL NE TE CHASSERA JAMAIS!
QUAND JE SERAI GRANDE, JE SERAI POSTILLON!
HO! HOOO! ARRÊTE!
J'AI VU DES PERCE-NEIGE! ON VA FAIRE UN BOUQUET!
...DES PERCE-NEIGE? OÙ ÇA ?!...
30

J... JASMIN! VIENS VITE!
...PERLETTE...?
ELFI!! MAIS QUI...?! QUI A PU... ?!?
EUX! CE SONT EUX QUI ONT FAIT ÇA!
31

ON RENTRE! ET EN VITESSE!
ON NE CUEILLE PLUS DE FLEURS ?...
СКОРО ЂУREMO ЇСТИ, ТОВАРИШІ!
LES COSAQUES! LES COSAQUES!!
PAPA! MAMAN! LES COSAQUES! ILS ONT...
НЕХАЙ ТЕБЕ ГРІМ ВПАЛИТЬ!
32

СУКІН СИН!
JASMIN ! ATTENTION !!
...AVEC LES COMPLIMENTS D'ELFI !

MARDI 15 FÉVRIER 1814...
POURQUOI ME REGARDES-TU AVEC CET AIR-LÀ ?!
... QUEL AIR ?...
TU VIENS SANS DOUTE ME FAIRE LA COUR ?!... JE NE SERAIS PAS LA PREMIÈRE À QUI TU LA FERAIS ! POUR SÛR !!
NE TE MÉPRENDS PAS, PERLETTE !
TU SAIS... CET HORRIBLE JOUR OÙ SIMON A DÉCOUVERT ELFI... QUAND IL M'A APELÉ, J'AI PRESSENTI UN GRAND MALHEUR, ET J'AI PENSÉ À TOI. POURQUOI, L'ESPACE D'UN INSTANT, AI-JE CRU QUE LE GARÇON AVAIT DÉCOUVERT TON CORPS NOYÉ ?...
... C'EST TOUT CE QUE TU AS TROUVÉ POUR M'AGUICHER ?!
ÉCOUTE, PERLETTE ! JE SAIS PARLER AUX CHEVAUX, MAIS JE NE SAIS PAS PARLER AUX FEMMES ! C'EST LA PREMIÈRE FOIS QUE J'ESSAYE D'EXPRIMER CE QUE MON CŒUR...
JASMIN !
JE PERDS LE MANGER ET LE DORMIR ! TU ES PRÉSENT... SANS CESSE... TON IMAGE OBSÉDANTE S'INTERPOSE CONTINUELLEMENT ENTRE MES YEUX ET LA RÉALITÉ ! JE TE VOIS, ET JE SOUFFRE. JE NE PUIS TE VOIR, ET JE SOUFFRE... LES JOURNÉES N'EN FINISSENT PAS DE FINIR ! J'AI L'ESPRIT EMBRUMÉ DE CHOSES DOUCES-AMÈRES... JE NAVIGUE AU GRÉ DES NUITS AVEC LE DOUTE ET L'ESPOIR POUR SEULS COMPAGNONS... ET À PRÉSENT QUE TU VIENS À MOI, C'EST LE DOUTE QUI EST LE PLUS FORT !...
TU NE VEUX PAS ADMETTRE QUE JE PUISSE T'AIMER ?...
JE SUIS CERTAINE DE MON AMOUR. JE NE SUIS PAS SÛRE DU TIEN...
34

QUELQUES FLEURS M'AVAIENT OUVERT LES YEUX !... J'AVAIS COMPRIS CLAIREMENT QU'ELLES ÉTAIENT LE RÊVE DE PRINTEMPS D'UNE TERRE ENDORMIE... MAIS C'ÉTAIT SANS COMPTER SUR TON ORGUEIL !
QU'EST-CE QU'IL DIT, AUJOURD'HUI ?...
JE N'ENTENDS PAS BIEN, AVEC TOUT CE BRUIT DERRIÈRE LE MUR !
C'EST VRAI ! ON DIRAIT DES GENS QUI PARLENT ! QU'EST-CE QUE ÇA PEUT ÊTRE ?...
POUSSE !
OUAAHHH !... SIMON ! C'EST PLEIN DE MONSIEURS !
35

HOLÀ ! JEUNES GENS ! OÙ EST LE MAÎTRE DE POSTE ?
IL EST LÀ !! QU'EST-CE QUE VOUS LUI VOULEZ ?!
C'EST GRAND, CHEZ VOUS, L'AMI ! L'EMPEREUR N'A PAS DÛ VOUS LAISSER BEAUCOUP DE CHEVAUX !... ÇA DOIT FAIRE UNE SACRÉE PLACE POUR HÉBERGER CENT CINQUANTE PRISONNIERS RUSSES POUR LA NUIT !... HEIN ?!!
D'AILLEURS, QUE VOUS LE VOULIEZ OU NON, C'EST PAREIL, MAÎTRE DE POSTE ! CETTE RACAILLE VA SE REPOSER ICI, DANS VOS GRANGES ET VOS ÉCURIES ! PAS DE LITS À FAIRE, PAS DE DRAPS À LAVER ! VOUS VOYEZ... VOUS N'AVEZ MÊME PAS DE QUOI VOUS PLAINDRE !
Я ГОЛОДНИЙ!
ДАЙ НАМ ЇСТИ!
VOS "CLIENTS" DÉFILERONT AVEC D'AUTRES PRISONNIERS ENNEMIS, LE 17 FÉVRIER, DANS LES RUES DE LA CAPITALE... CE SERA EXCELLENT POUR LA SANTÉ DU PEUPLE FRANÇAIS !
POURQUOI ILS TENDENT LA MAIN COMME ÇA ?...
BEN MOI, J'AI TOUT COMPRIS SANS RIEN COMPRENDRE !
LA NUIT VENUE...
... MON VIEUX !... SI JAMAIS MES PARENTS S'APERÇOIVENT QU'ON A PIQUÉ UN PAIN, DES POMMES ET DES FROMAGES POUR LES PRISONNIERS, ÇA VA RÂLER !!...
OUAIS !... MAIS T'AS VU COMME ILS SONT MAIGRES, LES PAUVRES MONSIEURS ?...

QU'EST-CE QUE VOUS FOUTEZ LÀ, LES MORPIONS ?!
ON VIENT DONNER À MANGER AUX PRISONNIERS, M'SIEUR !...
QUOI ?!? EN V'LÀ DE DRÔLES DE CITOYENS, ALORS !! ALLEZ DONC VOUS FAIRE PENDRE AILLEURS !
LAISSE TOMBER, DUPRÉ ! C'EST PAS UN BOUT DE BRICHETON QUI NOUS FERA PERDRE CETTE CHIOTTE DE GUERRE !...
ÇA ROUPILLE, DIS DONC !
ДАЙ НАМ ЇСТИ !
MAIS OUI ! C'EST POUR TOI !
MANGE PAS TOUT, HEIN ?! FAUT EN LAISSER POUR TES COPAINS !
Я ЗАЛИШИВ В КИЄВІ МАЛЕНЬКУ ДІВЧИНВУ ЩО ПОДІБНА ДО ТЕБЕ !
... QU'EST-CE QU'Y DIT ?!

JEUDI 10 MARS 1814...
CURÉ !...
...IL S'AGIT DE JEAN, N'EST-CE PAS ?...
OUI, MON GARÇON...
IL EST TOMBÉ LE 27 FÉVRIER À BAR-SUR-AUBE ...
LES FILS PIERRELET SONT MORTS À MONTEREAU LE 18 ! JACQUES A ÉTÉ FAUCHÉ PAR LA MITRAILLE SOUS LES YEUX DE SON FRÈRE...
BERNARD N'A PAS SUPPORTÉ LA MORT DE SON BESSON... IL EST DEVENU COMME FOU, ET...
ÇA VA, CURÉ ! N'EN DITES PAS PLUS ! J'AI COMPRIS...
DIEU TE GARDE, POSTILLON !
...IL FERA COMME IL VOUDRA ...
38

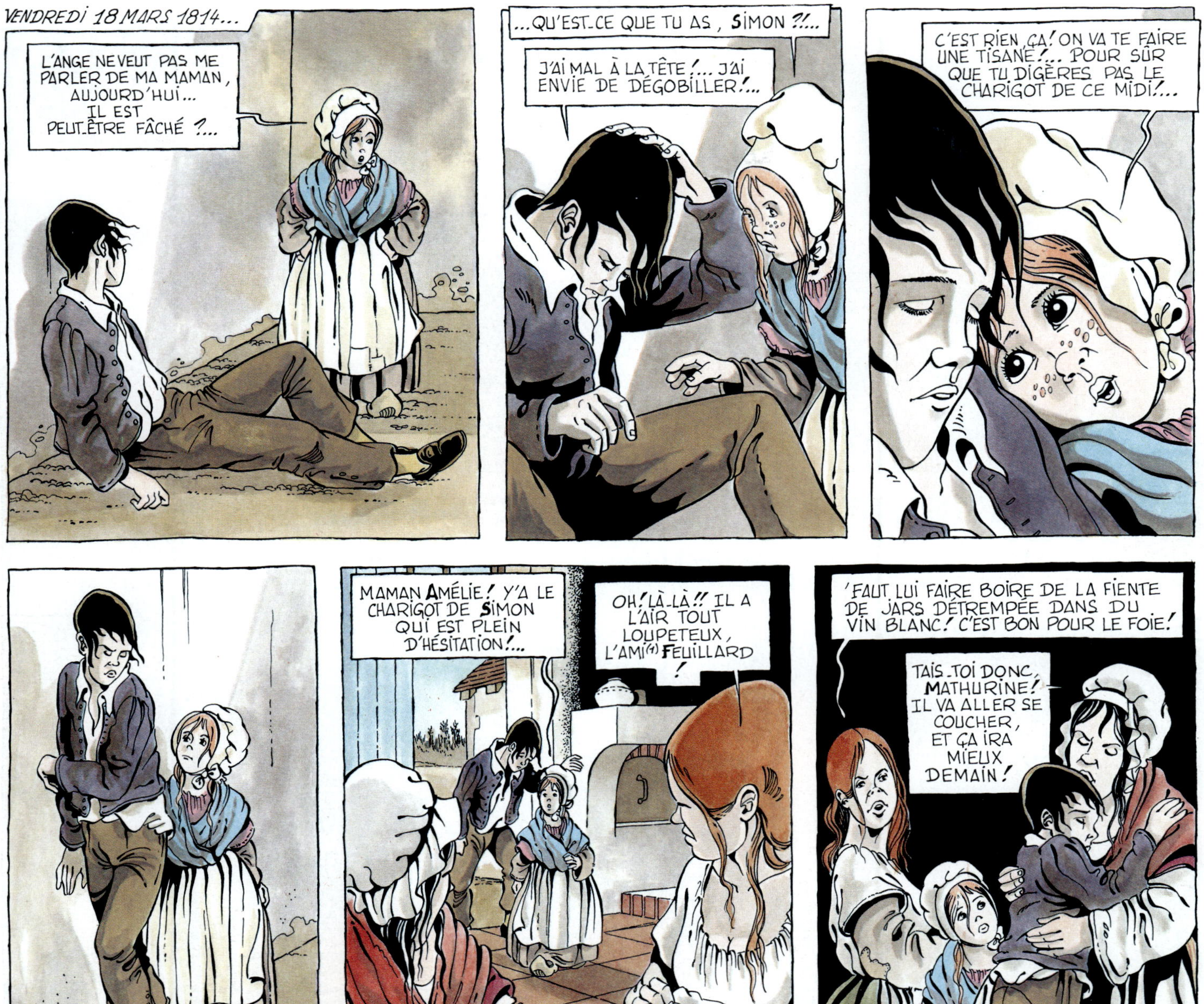

(1) AMI : EN BRIE, 3e FILS D'UNE FAMILLE. (2) AUTHENTIQUE... MAIS LA MORT ÉTAIT PLUS SOUVENT VICTORIEUSE QUE LA FIENTE DE JARS...

LUNDI SOIR, 21 MARS 1814...
MAMA ... MAMA !...
?!...
...ES TUT MIR WEH !... MAMA ! ...
PAUVRE MÔME !... À PEINE SORTI DE L'ŒUF, ET ON TE RENVOIE D'OÙ TU VIENS !...
MEINE TROMMEL ! MEINE TROMMEL !!
QUOI ?... AH ! TON TAMBOUR !... ALLONS BON ! LE PETIT NE VEUT PAS LÂCHER SON JOUET ! ...
"... ERLKÖNIG HAT MIR EIN LEIDS GETAN !..."

BOURRACHE!...
...QUI EST CE PETIOT?...
UN JEUNE TAMBOUR PRUSSIEN... TROP TARD! LA GRANDE FAUCHEUSE A FAIT SON SALE BOULOT...
UN ENNEMI !!
UN ENNEMI ?!! ALLONS, MA MÈRE! RESTONS SÉRIEUX, VOULEZ-VOUS ?! C'EST D'ABORD UN ENFANT!...
...UN PETIT ENFANT... COMME MON BAPTISTE! COMME MON JEAN!...
LASST MICH IN RUHE! NEIN! ICH WILL NICHT WEG! MAMA! MAMA!
JETZT HALT'MAL DEINE KLAPPE!!
RENTRE-LE, JASMIN! EN VOILÀ AU MOINS UN QUI N'IRA PAS POURRIR AU FOND D'UNE FOSSE COMMUNE CREUSÉE AU BORD D'UN CHAMP DE BATAILLE!...

INUTILE D'ÔTER TES BOTTES, MON GARS ! TU FILES À BOULEURS CHERCHER LE DOCTEUR POUR SIMON...
...POMMEUSE-BOULEURS ALLER ET RETOUR, JE NE SERAI LÀ QU'AU MILIEU DE LA NUIT !!
FILE ! TE DIS-JE !...
...ET RÉVEILLE LE CURÉ SUR LE CHEMIN DU RETOUR...
À BOULEURS, VERS MINUIT...
MONSIEUR LE DOCTEUR !... MONSIEUR LE DOCTEUR !!
QUI EST LÀ ?!!
QU'EST-CE QU'IL A ?...
LE POSTILLON DE FEUILLARD ! VENEZ VITE ! SIMON NE VA PAS RAIDE !...
LA FIÈVRE ! IL DÉLIRE !... IL A DES TACHES SOMBRES SUR TOUT LE CORPS...
BON DIEU !
MA VIEILLE JUMENT EST FOURBUE ! IL FAUT QUE TON CHEVAL NOUS PORTE TOUS DEUX !
42

ÉPERONNE TA BÊTE, POSTILLON! LE SIMON, IL A LA MALADIE DES ARMÉES! UNE SORTE DE TYPHUS...
C'EST GRAVE ?...
...POURQUOI TE CACHERAIS-JE QUE SIX POUR CENT DE LA POPULATION BRIARDE EN SONT DÉJÀ MORTS ?...
HÉ!! REGARDEZ!
LE FEU! C'EST À POMMEUSE!... LE RELAIS!!
NON! C'EST PLUS LOIN QUE POMMEUSE! C'EST MOUROUX QUI FLAMBE!! ALLEZ! FONCE!
POMMEUSE, 1h30...
CURÉ!!
IL N'EST PAS ENCORE TEMPS DE VOUS COUCHER!
IL FAUT NOUS ACCOMPAGNER CHEZ MAÎTRE FEUILLARD... C'EST URGENT!
QUE SE PASSE-T-IL, À MOUROUX ?...
VINGT-DEUX COSAQUES ONT ÉTÉ TUÉS DANS UNE EMBUSCADE TENDUE PAR NOS PAYSANS... JE VOUS LAISSE DEVINER LA SUITE, MESSIEURS!...
DES REPRÉSAILLES !!
43

PATER, DIMITTE ILLIS, NON ENIM SCIENT QUID FACIUNT...
TU AS RAISON, CURÉ! LES HOMMES NE SAVENT VRAIMENT PLUS CE QU'ILS FONT!...
2H DU MATIN...
PAUVRE FEMELLE!... L'OGRE T'A PRIS TES TROIS PETITS!
44

SAMEDI 23 AVRIL 1814...
TIENS ?!... P'TITE MARIE !... ÇA VA ?...
...OUI...
...ANGE SUBLIME ÉGARÉ UN MOMENT AUX ENFERS...
?...
RESTE LÀ, PETITE !...
FEUILLARD !! ESPÈCE DE LÂCHE !!
LAISSE-MOI, BOURRACHE ! LAISSE-MOI ! JE N'EN PEUX PLUS ! MA MORT NE REGARDE QUE MOI !!...
ELLE REGARDE PEUT-ÊTRE AUSSI UN PEU TA FEMME, TA MÈRE, PERLETTE ET LA P'TITE MARIE, NON ?!...
45

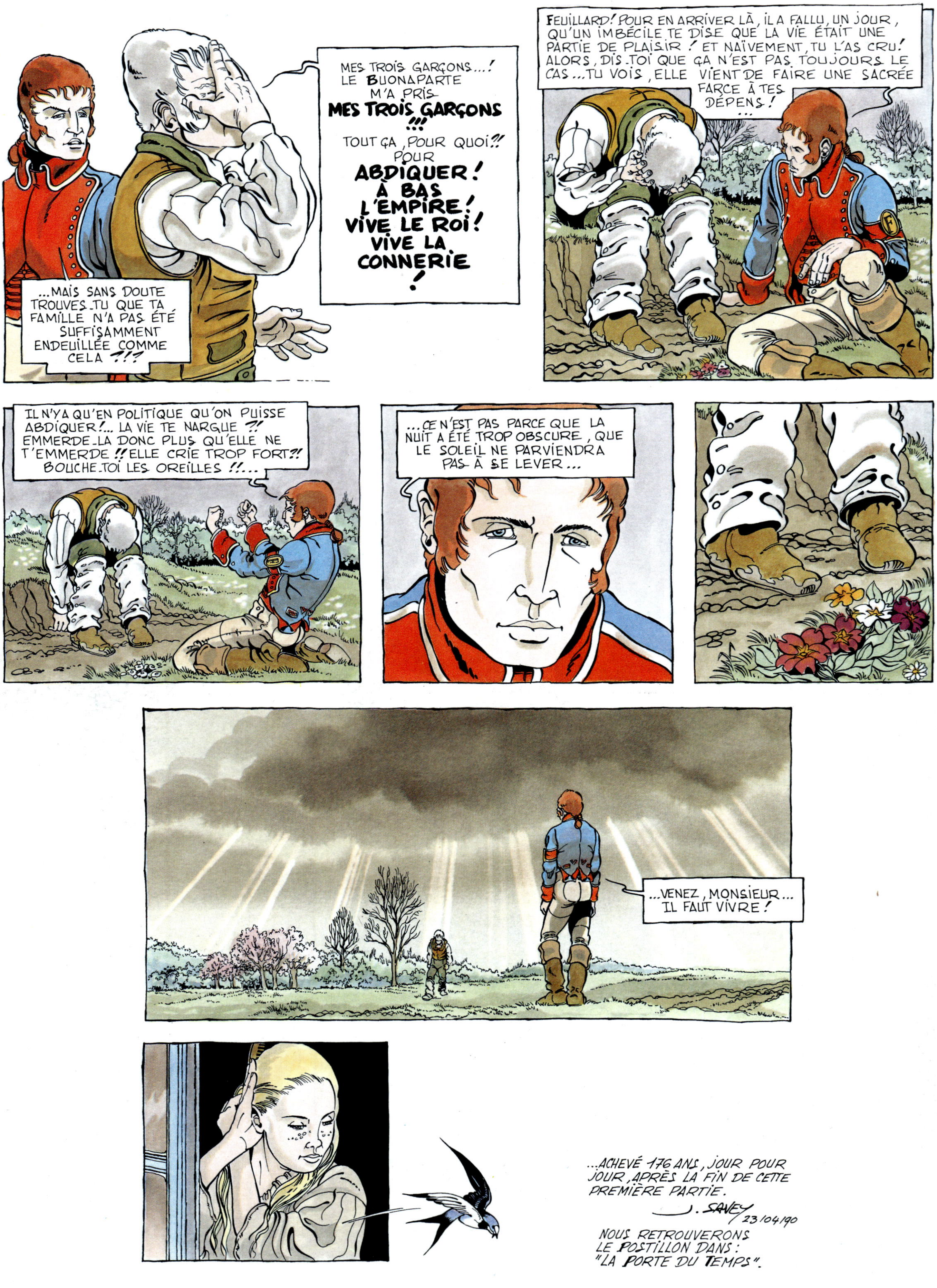
...MAIS SANS DOUTE TROUVES-TU QUE TA FAMILLE N'A PAS ÉTÉ SUFFISAMMENT ENDEUILLÉE COMME CELA ?!?
MES TROIS GARÇONS...! LE BUONAPARTE M'A PRIS MES TROIS GARÇONS !!! TOUT ÇA, POUR QUOI ?! POUR ABDIQUER ! À BAS L'EMPIRE ! VIVE LE ROI ! VIVE LA CONNERIE !
FEUILLARD ! POUR EN ARRIVER LÀ, IL A FALLU, UN JOUR, QU'UN IMBÉCILE TE DISE QUE LA VIE ÉTAIT UNE PARTIE DE PLAISIR ! ET NAÏVEMENT, TU L'AS CRU ! ALORS, DIS-TOI QUE ÇA N'EST PAS TOUJOURS LE CAS... TU VOIS, ELLE VIENT DE FAIRE UNE SACRÉE FARCE À TES DÉPENS !
...
IL N'Y A QU'EN POLITIQUE QU'ON PUISSE ABDIQUER !... LA VIE TE NARGUE ?! EMMERDE-LA DONC PLUS QU'ELLE NE T'EMMERDE !! ELLE CRIE TROP FORT ?! BOUCHE-TOI LES OREILLES !!...
...CE N'EST PAS PARCE QUE LA NUIT A ÉTÉ TROP OBSCURE, QUE LE SOLEIL NE PARVIENDRA PAS À SE LEVER...
...VENEZ, MONSIEUR... IL FAUT VIVRE !
...ACHEVÉ 176 ANS, JOUR POUR JOUR, APRÈS LA FIN DE CETTE PREMIÈRE PARTIE.
J. SAVEY 23/04/90
NOUS RETROUVERONS LE POSTILLON DANS : "LA PORTE DU TEMPS".